늦게 쓰여진 시

KB075047

늦게 쓰여진 시

최윤근 시집

시인의 말

글을 쓰고 싶은 이유

거짓이 진실로 화려하게 부활하고
애매모호하고 근거 없는 풍설이 상상의 날개를 타고 과장되어
미화되는 것을 막기 위해 글을 쓴다

세금을 탈루하고 사치를 하며 가난한 사람을 업신여기는
백만장자를 비웃고 싶어

법과 사회정의를 무시하고 국민들 위에 군림하려는
위정자들의 가면을 벗기고 싶어

자유와 인권을 억압하고
세계 평화를 파괴하는 깡패 국가의
독재자들이 몰락하는 것을 보고 싶어 글을 쓴다

정직하게 열심히 일하는 사람이 잘 사는 사회
가난한 사람도 대접받는 사회
배려하고 베푸는 사람이 존경받는 사회
자유와 평화를 사랑하는 사람이 세상을 이끄는 사회
그런 사회에 대하여 글을 쓰고 싶다

편견과 오해가 진실인 양 호도되고

방종이 자유로
폭력적 평등이 정의로운 사회로
둔갑 되는 꼴을 보기 싫어 글을 쓴다

사실은 이런 거창한 이유로 글을 쓰는 게 아니라
과거가 부끄럽고
젊은 날이 그립고
헤어진 인연들이 안타깝고
미래가 없는 현실이 우울해 글을 쓴다

마음껏 후회하고
못다 한 사랑
잘못했던 지난 일들을 상기하며
용서받고 싶은 심정으로 글을 쓴다

잠이 안 와 글을 쓰고
바람이 불어 글 쓰고
눈이 내려 글을 쓰고
그리운 사람 보고 싶어 글을 쓴다

삽화를 그려준 나의 손주들 티아Thea, 효진, 찬호,
세바스찬Sebastian에게 감사한다.

차 례

제2부 위대한 유산

제3부 아줌마

제4부 가족

제1부

늦게 쓰여진 시

효진

늦게 쓰여진 시

늦게 쓰여진 나의 글들이 더 애틋하고 먹먹한 것은
늦게 겪은 나의 삶이 아프고 슬펐기 때문일 것이다

늦게 나온 나의 시들이 더 영롱하고
생생한 것은
아마도 가물가물한 기억으로 오로지
시만을 생각하고 썼기 때문일 것이다

늦게 나온 나의 글들이 애련에 물들고
후회로 가득 찬 것은
잊지 못할 이별과 못다 한 사랑이 스며 있기 때문일 것이다

늦게 쓴 시들에 특별히 정이 가는 것은
거기에 황혼에 외롭게 서 있는
나의 자화상이 그려져 있기 때문일 것이다

무지개

무지개는 비 온 뒤에 뜨고
성공은 실패 뒤에 온다
영광은 시련 뒤에 오겠지

청춘의 무지개는 사랑이었고
노년의 무지개는 행복이었는데
잡힐 듯 잡힐 듯 잡히지 않고
저 멀리서 빛나고 있다

네 모습에서 무지개를 보았고
어떤 때는 엄마 품에서
새록새록 잠자고 있는
내 딸의 모습에서 무지개를 보았다

지금은 거울에 비친
내 모습에서 무지개를 보려 한다
내 평생 무지개를 잡기 위해 이리 뛰고 저리 뛰고
계곡을 건너고 산을 넘었지만
무지개는 접히지 않는 한갓 신기루였다

너와 나 손을 잡고 사랑으로
믿음으로 감싸 안으며
우리 속에서 무지개를 찾아보아야겠다

달콤한 유혹

달콤한 유혹
낚싯바늘에 꿰어 놓은 지렁이
쥐덫에 살짝 올려놓은 빨간 살덩이
얼마나 달콤한 유혹인가

나이가 드니 당뇨병에 걸렸다
단것을 먹지 말라는데
아이스크림
초콜릿
얼마나 달콤한 유혹인가

대학 시험이 모레인데 여자 친구가
머리도 식힐 겸 영화를 보잔다
얼마나 달콤한 유혹이었던가

칠십이 넘어 스키를 탔다
젊은이들과 어울려 며칠을 신나게 타고 지쳐 있을 즘
마지막으로 최고 난코스에 도전해 보자는
유혹을 떨쳐내지 못하고
활강하다 넘어져 갈비뼈가 두 개나 골절되는
큰 부상을 입어 고생했다

달콤한 유혹은 매일 있다
해가 중천에 떴는데
한잠 더 푹 자고 싶은 유혹
술 한 잔 더하고 싶은 유혹
취했으면서 운전하고 싶은 유혹
자식들과 처에게 잔소리하고 싶은 유혹

유혹은 매력적인 포장을 하고 있어
무심결에 넘어가다 걸리게 된다
푸틴에게는 건드리면 무너질 것 같은
우크라이나가 달콤한 유혹이었을 것이다

젊은 독재자 김정은에게는
백성을 굶주림에 빠뜨려 놓고
자신만 살아남기 위해 핵과 미사일의
달콤한 유혹에 빠져 있다

짜고 매운 김치찌개
열무김치 비빔밥
시원한 냉면 한 그릇
이 얼마나 달콤한 여름밤의 유혹인가

달빛 아래서

한 겹 어둠을 벗겨낸
달빛이 그대를 비췄을 때
그대는 한 송이 꽃이었다

모든 것 다 떨쳐버리고
나만을 생각하며 다가서는
그대여 참으로 아름답구나
나는 설레는 마음으로 너를 맞고 있다

보름달이었을 때는 백합꽃이 되고
반달이었을 때는 빨간 장미꽃이 되고
초승달이었을 때는 보랏빛 제비꽃이 되는 그대

달빛은 그대의 순정을 드러내며
겸손한 모습으로 내게 다가온다

어둠은 길을 잃게 하지만
달빛 아래선 작은 오솔길이 되어
내가 그대에게 다가갈 수 있게 비춰준다

밤의 아늑함이
그대를 껴안게 한다

달빛 아래서 열정은 한결 순화되어
우리의 뜨거운 가슴을 진정시켜준다

세상은 지금

뒷산의 큰 바위는 만년 풍상을 견디어 내고
지금 그 자리에 서 있고
우리 집 대들보 서까래는 빗물이 새어도
지금 그 자리에서 반세기를 변함없이 버티고 있다

희수가 된 나는 조금 아프고
고장 나 있지만
맑은 정신으로 세상을 살아가고 있다

세상은 아름답고
이웃은 친절하고
강물은 변함없이 흐르고
밤하늘의 별은 여전히 반짝이고 있다

변방에선 총소리 들리고
도시에선 살아남기 위해 경쟁을 해야 하고
농촌에선 가뭄으로 농부들의 한숨 소리 들리지만

난 세상의 한가운데서 지금 혼자 울지 않고
혼자 웃지 않는다
이웃과 동행하며 즐기고 있다

집에선 꼬부랑 할머니 내 처는
저녁 준비를 하고 있고
방금 귀가한 손자는 다락문을 열고
곶감을 찾아 먹고 있다

오늘도 어제와 별다름 없는 하루인데
TV에선 새로운 소식인 양
앵커들이 목청을 높이고 있다

세월은 이렇게 흘러 오늘에 왔고
이 순간 멋진 세상에서 나비 되어
예쁜 꽃 위를 날다 어둠을 맞고 싶다

솜이의 슬픔

나는 두 살 먹은 강아지다
나는 지금 슬프다
반갑다고 꼬리 칠 기분도 아니고
낯익은 이웃 개에게 호기롭게 짖을 형편도 아니다

나의 절친을 잃었다
산책시켜 주고
씻어주고 먹여주고 함께 놀아주던
나의 절친이 저세상으로 갔다

나와 내 친구와의 나이 차이는 86년이나 된다
하지만 나의 눈높이에서 놀아주고 함께
기뻐하고 아파했던 나의 친구
그녀가 갔다

미소 띤 인자한 얼굴
날 쓰다듬어 주던 부드러운 손길
솜이야 솜이야 부르던 정이 듬뿍 담긴 목소리

날 산책시킬 때 쓰던 목걸이만
덩그러니 남겨놓고 그녀가 떠났다

벌써 보고 싶어 눈물이 난다
지금부터 내가 짖어대는 것은 친구를 잃은
슬픔과 그리움에서 나온 하소연일 것이다

그대와 함께

그대와 함께하는 세월은
꽃 피는 봄이라도 좋았고
낙엽 떨어지는 가을이라도 좋았다

그댈 기다리는 시간은 별이 반짝이는 밤이라도 좋았고
비 올 듯 검은 구름에 가려진 대낮이라도 좋았다

그리움으로 내가 아파할 때
그대 모습은 웃는 얼굴이라도 좋았고
슬퍼하는 모습이라도 좋았다

그대와 함께했을 때는 아무 말 않고
그냥 바라만 보아도 좋았었다

그대가 떠난 후
그대에 대한 그리움은
장마 뒤 들판에 핀 개망초처럼 무성했고
쓰르라미의 울음처럼 긴 여운을 남겼다

그대를 사랑했고
그대를 기다렸고
그리움으로 잠 못 들어 하며 지낸 세월들

그리움에 지쳐
입맛도 없어지고
살겠다는 의지도 약해지고
자신감도 없어졌지만
그대 사모하는 마음
가슴에 사무쳤었네

어느덧 가을은 깊어 가고 낙엽은 떨어지고 있다
그대와 함께했던 추억이 긴 여운이라도 좋고
산울림이라도 좋고
갈색 낙엽이라도 좋다
내 영혼에 깃들어 죽음 너머까지 함께하고 싶다

욕망

하늘의 별을 따야지
부자가 돼야지
베스트셀러 작가가 돼야지
이 세상에서 제일 예쁜 여자와 연애를 해야지

우린 이런 황당한
이루어질 수 없는 욕망을 갖고 산다

끝없이 분출하는 욕망
활활 타고 남은 재가 돼야 욕망은 끝나겠지요

어떤 철학자*가 말했던가
인간은 타인의 욕망까지도 욕망한다고

욕망의 저편은 항상 비어 있다
욕망이 꿈틀거릴 때 살아 있는 것이다

어떤 이는 욕망을 버리기 위해 스스로를 희생했고
어떤 이는 속세를 떠나 산속으로 들어갔다

맑은 공기를 마음껏 마시겠다는 욕망
푸른 초장에 핀 풀꽃을 마음껏 즐기겠다는 욕망

함께하는 모든 인연을 사랑하겠다는 욕망
이룰 수 있는 욕망은 아름답다

더 살겠다는 욕망
더 아름다워지겠다는 욕망
더 부자가 되겠다는 욕망
남보다 더 행복해지겠다는 욕망
이런 욕망들에서 '더'를 빼면
우린 만족스러운 삶을 살 수 있을 텐데

이른 아침에 눈을 떴다
좀 더 푹 자고 싶다는 욕망으로 하루를 시작한다

* 자크 라캉 : 프랑스의 철학자. 정신분석 정신과 의사.

그녀의 행복

그렇게 예쁘게 웃을 수 있는 사람은
이 세상에서 그녀밖에 없을 것이다

그렇게 예쁘게 울 수 있는 사람도
이 세상에서 그녀밖에 없을 것이다

휠체어를 밀어주며 공원을 함께 산책할 때
들판에 핀 이름 모를 꽃을 보고
재잘대는 새 소리를 들으며
그렇게 예쁘게 감탄할 수 있는 사람은
그녀밖에 없을 것이다

휠체어를 타고 가는 사람은 나고
밀고 가는 사람은 그녀인데
그녀는 연신 나를 쳐다보며 힘들지 않냐고
물으며 땀을 닦는다

항암치료로 면역력이 떨어져 있는
나는 외부 운동이나 여행
친지 만남도 극도로 삼가고 있다
그녀도 두문불출하며 같이 아파하고 있다

내가 넘어지려 할 때 붙잡아주었고
업어주고 안아 주었다
그녀의 손길은 언제나
엄마의 손길처럼 따뜻했고 부드러웠다

오늘도 그녀와 휠체어 산책을 했다
뒤뚱거리며 걷다 지치면 휠체어에 쉬었다 다시 걸었다
내가 건강해지는 게 그녀를 행복하게 해준다니
열심히 먹고 운동하고 있다

그런 삶을 살았어야 했는데

그가 누구라도 좋다
자신을 알고
타인을 배려한다면
시어머니든 시누이든
함께 살 수 있었을 텐데

그가 잔소리를 줄이고
아는 체 덜 하고
같은 수준으로 대화를 나눌 수 있다면
할아버지도 손자의 좋은 친구가 될 수 있었을 텐데

그가 조금은 겸손하고
남의 말에 경청할 수 있으면
좋은 친구가 될 수 있었을 텐데

그가 따뜻한 가슴을 가지고 있고
신뢰할 수 있었다면
그의 가슴에 안겨 사랑을 나누었을 텐데

그가 정직하고 맡은 일에 최선을
다하는 사람이었다면
그에게 일을 맡겼을 텐데

가슴에 터 잡고 있는 고정관념
편견 질투 옹졸한 마음들이
우리 인생을 시들게 한다

그 사람 참 멋져
그 사람 참 인정이 많아
그 사람 참 아름다워
그 사람 참 인격적이야

나 그런 삶을 살았어야 했는데

문제가 있다

그가 나에게 문제가 있다고 한다
그에게 상처를 주었다고 한다

무엇이 문제지
사랑하였었는데
안아 주고 싶었는데
동행하고 싶었는데

내가 너무 냉정했나
시선을 다른 데 두었었나
지나쳐 버렸었나

사랑이 상처를 받았다
새가 눈 위에 자국을 남긴 것처럼
사랑은 그렇게 쉽게 지워지는 게 아닌데

그녀와 나 사이에는 날 선 깨진 창문이 있었다
그에게 가기 위해선 상처를 입었어야 했다

깨진 창문 틈으로 사랑의 훈풍은 불어오지 않고
찬바람 눈보라만 불어온다

함께 꿈을 꾸고 싶었는데

그가 떠나려 한다

사랑의 훈풍이 불어올 때까지

깨진 창문을 사랑의 꽃들로 메꾸어야겠다

가을이 오면

거부했던 시간들이
외면했던 시간들이
손님이었던 시간들이
시간인 채로 흘렀다

아쉬움과 그리움은 쌓이는데
여름은 그렇게 가고
가을이 왔다

잘 익은 홍시도
노적 단에 쌓인 곡식도
내 것이 아닌데

푸른 잎이야 낙엽 되어 떨어지면 그만이지만
앙상하게 남은 가지들은
대책 없이 부는 찬바람을 어떻게 견디어 낼까

봄은 다시 올지도 안 올지도 모르지만
가을도 그렇게 흘러가겠지

기대하는 마음으로 봄을 맞이하듯
가을도 그렇게 맞이할 수 있다면

제2부

위대한 유산

세바스찬(Sebastian)

가는 길

가는 길이 가시밭길이라면
다른 길이 있나 알아보며 가시구려

가는 길이 가파른 언덕길이라면 쉬엄쉬엄 쉬었다 가시구려

무거운 짐 지고 가려 하지 말고 다 내려놓고 빈 몸으로 가시구려

가는 길에 동행이 있으면 믿고 의지하고 사랑하며 가시구려

험한 길 지나면 편한 길 나오고
오솔길 지나면 큰길 나오니 포기하지 말고 앞만 보며 가시구려

한번 가면 다시 못 올 길 후회 없이 즐기다 가시구려

푸른 하늘에 한 점 구름처럼 흘러가다 사라지는
덧없는 인생인데

구름 조각으로 무너지지 않는 큰 궁전 만들겠다고
수선 떨지 말고 순리대로 살다 가시구려

나는 존재한다

시간이 먼저였나
공간이 먼저였나
존재는 언제부터 시작되었나

나는 그 속에서 껍질인 채로 존재하고 있다
내 사유는 시공을 벗어나지 못하고
내 몸은 바람 앞에 촛불이다

거센 바람 부는 데 쉴 곳 못 찾은 갈매기처럼
날개 찢어진 나비처럼 힘겹게 날다 떨어지는 신세
해는 서산에 지는데 오지 않는
새를 쫓고 있는 허수아비

강남 아파트의 주인으로서가 아니라
퇴직한 늙은 의사로서가 아니라
추위를 피해
봄볕을 쬐고 있는 디오게네스처럼 존재하고 있다

세월이 흘러가네

세월은 막무가내로
값을 지불하라고 하네

바람처럼 스쳐갔건
바위처럼 굴러갔건
시냇물처럼 흘러갔건
머물다 간 세월에 대해 값을 지불하라 하네

머물다 간 세월 동안 따스한 햇볕 받으며 사과는 익어 갔고
우연히 만난 인연으로 사랑도 했다

세월은 시련을 몰고 오기도 하고
이별을 강요하기도 하고
상처를 주기도 하여

사람들은 한 번쯤은 방황도 하고
한 번쯤은 무언가를 버려야 했고
잊혀야 했고
외로워져야 했다

우린 가끔 왜 정성스럽게 가꾼 사과 농장을 포기했어야 했는지를 이해해야 한다

그가 왜 사랑한다 말해 놓고 쓸쓸히 떠나야 했는지 이해해야 한다

정말로

정말이에요
당신을 정말로 사랑해요
정말로 아름답습니다

정말이란 말을 믿을 수 있나요

정말이란 말은 거짓이 아니란 것을 강조할 때 쓰이죠
그렇다고 정말 자체가 진실은 아닙니다

정말이란 상대적인 말이요
보편적일 때 쓰는 말이 아닙니다
거짓일 수도 있다는 뜻입니다

오늘은 정말 예쁘다란 말은
평소에는 그냥저냥 했는데
화장을 하니
옷차림과 어울리니
오늘따라 예쁘다는 뜻이겠지요

눈에 콩깍지가 끼고
마음에 장벽을 두른 사람이 정말로라는 말을 자주 합니다

그래도 나는 정말로 예쁘다는 말
정말로 사랑한다는 말
정말로 멋진 인생을 살았어라는 말을 듣고 싶습니다

위대한 유산

우리 가문은 대대로 가난했다
평생을 땀 흘려 일해야 살아남을 수 있는 소시민이었다

높은 지식도 명예도 갖지 못했고
가난만을 유산으로 받았다

땀 흘려 일하지 않으면
살아남지 못한다는 현실을 유산 받았다

근면 성실해야 하고
없어도 정직해야 한다는 것을
남의 것을 탐하지 말아야 한다는 것을
유산 받았다

넓은 포도밭도
호화로운 저택도
고귀한 전통도 물려받지 못했지만

멀리 보이는 북한산과
앞에 흐르는 한강
이웃을 사랑하면서 살 수 있는
따뜻한 가슴을 유산 받았다

기뻐도 슬퍼도 실패해도

내 탓이요(mea culpa)

내 탓이다

나를 탓하는 위대한 유산을 전해 받았다

흔적

세월은 상처 없이
흔적을 남깁니다

사랑과 야망
흔적 없는 흔적들이 추억이란 이름으로
가슴에 간직됩니다

흔적들에는 그리움과
땀과 눈물이 스며 있습니다

인생의 뒤끝에서
부끄럽기도 하고 그립기도 한
내 삶의 흔적

흔적과 흔적 사이로 연결된 나의 흔적

어떤 이는 저녁 굴뚝에서 나는 연기로
어떤 이는 모래 위의 낙서로
어떤 이는 눈 위에 발자국으로 흔적을 남깁니다

이야기

희미한 사연
가물가물 잊혀 가는 추억
이야깃거리가 많다

흰 구름이 검은 구름 되어 비를 뿌린 사연
바람이 내 침실에 머물다 간 사연
아무 인연이 없는 작은 역에 내려
새로운 삶을 시작했어야 했던 사연

나누고 싶은 이야기
당연한 이야기들도 있고
숨기고 싶은 이야기
부끄러운 이야기들도 있다

파도가 바위에 부딪치는 소리
별들이 수다 떠는 소리
참새들이 지저귀는 소리
이런 소리들이 모여 자연이 된다

그대가 있어 우리들의
이야기가 되고
꿈이 있고 생기 넘치는 이야기가 된다

시인들은

시인들은
조금은 허구로
조금은 허영심으로
조금은 자기만족으로
설익은 사과의 신맛과 떫은맛을 그려 내려 한다

8월이 끝나기 전
처서가 오고
가을이 문턱에 있는데
시인들은 벌써부터 마음이 들떠
깊은 가을의 우수를 그려 내려 한다

시인들은 히말라야의 눈 덮인 고봉을 영상으로만 보고
엄홍길 등반가가 눈보라 치는 안나푸르나 고봉을
사투하며 오르는 모습을 그려 내기도 한다

시인들은 착각과 환상
성급함과 동정심을 갖고 글을 쓴다
하늘과 구름과 바람만
있어도 시를 쓰고
인생을 찬미한다

작은 것에 감동 주기를 원하며
소통하기를 원한다
가난한 시인은 배고파하지만
구걸하지는 않는다

실패

실패는 성공을 위한 실패여야지
실패를 위한 실패여서는 안 된다

실패는 좋은 일이 아니다
실패로 인해 삶의 무게는 조금씩 무거워진다

능력이 부족해서
열과 성의가 부족해서 우린 실패한다

열 번 넘어졌는데 미련하게 다시 일어서는 의지만 있으면
포기만 하지 않으면 실패한 게 아니다

만남은 이별의 시작이 되고
실패는 성공의 시작이 된다

늙어서 가난한 밥을 함께할 동반자가 없으면
힘들 때 하소연하고 위로받을 친구가 없다면

꿈을 잃고 방황하며
범사에 감사할 줄 모르면
천당 가는 길과 지옥 가는 길을 구별 못 하면
후회하고 용서를 빌 용기가 없다면 실패한 것이다

그녀를 만났다
가슴은 떨렸는데
어떻게 접근해야 할지
어떤 말을 해야 할지
어떤 시점에서 손을 잡고 키스를 해야 할지 몰랐다

사랑의 고백도 거절당할까 두려워하지 못했다
그러면서 우린 헤어졌다

실패한 사람끼리 만났다
손잡음도 키스도
사랑의 고백도
생략한 채 무덤덤하게 만났다
그렇게 만나고 결혼도 했다

나의 인생이 실패했는지
성공했는지 모르겠다

아들에게는 나 같은 삶을 살지 말라고
당부하는 것을 보니
나의 인생은 실패한 삶인가 보다

참돔 이야기

참돔은 마라도 앞 바다에서
어부의 낚싯바늘에 꿰어 잡혔다

날카로운 낚싯바늘이
깊숙이 꽂혀 있었지만 살겠다고 발버둥 치다
피를 흘리며 잡혔다

노량진 수산시장의 수족관으로
산 채로 직송되었다

수족관에는 제주도 앞 바다에서
갓 잡은 펄펄 뛰는 횟감이라 쓰여 있었다

참돔은 솜씨 좋은 생선 장수의 칼에 발라져
안줏감으로 어떤 중년 부부의 입 속으로 들어갔다

머리와 뼈와 내장은 비닐봉지에 싸여
생선 장수의 집으로 가
매운탕이 되어 그 집 식구들의 저녁 반찬이 되었다

어린 아들은 눈깔을 무참히 씹었고
그 집 엄마는 머리와 뼈를 쪽쪽 빨았고

아빠는 참돔의 내장과 우러난 국물을
막걸리 안주 삼아 맛있다며 먹었다

파도 소리를 들었고
낚시꾼의 환호 소리를 들었고
생선 장수의 칼 솜씨를 경험했고
내 몸과 뼈를 싱싱하다며
즐겨 먹는 그들을 보았다

내 생존의 임무는 완수되었다
넓은 바다에서 자유스럽게 살았고
누군가에게 마음껏 기쁨을 주었고
형체를 남김없이 주었으니
나의 할 일은 다했다

내 삶이 이러하였으니
부끄러움 없이 당당하리라

가을은 빈손으로 오지 않는다

가을은 빈손으로 오지 않는다
잘 익은 사과와 배
선선한 바람과 낙엽과 함께 온다

여름은 빈손으로 떠나길 거절했다
여름 내내 여름은 오지 않고 가뭄과 폭우만 왔다

그리고 어느덧 가을
벌거벗은 채 엉거주춤 서 있는 나는
사람의 눈을 먼저 피해야 하는지
입어야 할 옷을 먼저 찾아야 하는지 헷갈려 하고 있다

늙음도 빈손으로 오지 않는다
갖은 풍상과 아픔을 겪은 후
주름진 얼굴과 흰 머리와 함께 온다

아파 보아야 안 아픈 고마움을 알게 되고
이별을 해보아야
그리움이 얼마나 아픈 벌인지 알게 된다

세월은 날 기다려 주지 않지만
난 지금 좀 쉬면서 세월을 기다리려 한다

낙엽 되어 바람에 뒹굴어도
들판에 홀로 핀 코스모스처럼 외롭게 흔들려도

나에게도 봄이 있었다는 추억과
곧 겨울이 올 거라는 것을 알기에
세월에 순종하며 살아가련다

이렇게

이렇게 잔잔한 호수에 돌을 던져
파문을 일으키고 싶지 않습니다

이렇게 맑은 하늘에
검은 연기를 피우고 싶지 않습니다

이렇게 예쁜 꽃을
혼자 보기 위해 꺾고 싶지 않습니다

이렇게 활짝 웃는
얼굴에 슬픔을 안겨주고 싶지 않습니다

이렇게 사랑한
사람에게 안녕하며 헤어지고 싶지 않습니다

이렇게 그리운 마음
눈물로 잊고 싶지 않습니다

꿈꾸며 사랑하면서
이렇게 행복한 마음으로
살포시 가꾸면서 살고 싶습니다

봄에는 꽃이 피네

앞산에 핀 홍매화
오월의 산을 붉게 물들이고

뒷산에 핀 철쭉꽃
연분홍색 능선이 아른아른하다

봄바람은 살랑대며
떨어진 벚꽃 잎을 휘날리게 한다

아무리 냉정 하려 해도
들떠 있는 마음 주체할 수 없는데
불타는 욕망 가슴에 묻어둔 채
봄은 어디로 떠나려는가

봄처럼 젊은 청춘이
꽃처럼 아름다운 삶이
제비꽃처럼 자줏빛 연정으로
민들레처럼 겸손하게 왔다 갑니다

6월의 붉은 장미를 꿈꾸며
연분홍 깃발을 봄바람에 휘날려 봅니다

여보 당신

여보 하면 네라 대답했고
왜요 라고 반문한 적이 없다

내가 틀렸으면 그가 옳았고
그가 틀렸으면 내가 옳았다
우린 옳고 그름을 따지려 하지 않았다

여보 괜찮아
응
당신은 어때
나도 괜찮아

내가 아팠을 땐 그가 안타까워했고
그가 아팠을 때는 내가 그의 곁을 지켰다

우린 가난 속에도 같은 꿈을 꾸었고
열심히 일했고
작은 것이라도 아끼면서 살아왔다

작은 성공도 함께 이루어 냈고
큰 실패도 함께 이겨냈다

함께 꽃밭에 물을 주고

함께 즐길 수 있으니

여보 우리는 축복받은 관계지요

잠 못 이루는 밤

살며시 오세요
난 침실로 들어가
설레는 마음으로 기다리겠습니다

오래 기다려도 오지 않으신다면
브람스의 자장가를 틀어 놓고
노래하며 기다리고 있겠습니다

기다려도 기다려도 오지 않으신다면
어제 읽다 남은 책에 몰두해 읽어보겠습니다

정녕 오지 않으시겠다 하더라도
님을 탓하지 않겠습니다

밤이 이슥하도록 밤하늘의 별을 세며
지나온 인생사
새옹지마였음을 깨달으며 기다리겠습니다

새벽 종소리가 들립니다
어젯밤 안 오신 님
그리워하면서 출근 전 잠깐 눈을 붙여봅니다

그리고 긴 하루 꾸벅꾸벅 졸면서
오지 않은 당신 원망하면서 보내겠습니다

시의 언어

모래알처럼 많은 단어 중에서
마땅한 시어를 찾아봅니다

찾은 시어에 내 생각을 입혀봅니다
사랑도 입혀보고
그리움도 이별의 아픔도 입혀봅니다

어렵게 찾은 시어가 마른 동태처럼 뻣뻣하고
거칠면 망치로 때려도 봅니다

시어는 갓 잡은 물고기처럼 펄떡펄떡 뛰어야 하고
바람에 날리는 나뭇잎처럼 살랑대기도 하고
밤하늘의 별처럼 반짝이기도 해야 합니다

시어에 멀어져 간 친구의 우정을 입혀보기도 하고
울면서 떠난 그녀의 모습을 입혀보기도 합니다

생과 사의 고뇌도 입혀야 하고
꽃밭 위를 한가히 날고 있는
호랑나비의 모습도 그려야 합니다

해 질 녘 산사에서 들려오는

종소리처럼 계곡마다 울려 퍼지고
긴 여운을 남겨야 합니다

부끄러운 마음

부끄러움을 아는 사람은 자유인입니다
부끄러움을 모르는 사람은
남을 속이기 위해 자신까지도 속여야 합니다

소크라테스는 자신을 속이는 부끄러움보다
차라리 죽음을 택했습니다

참새가 몸이 작다고 부끄러움을 느껴야 하나요
오리가 백조처럼 우아하지 않다고 부끄러워해야 하나요

국민이 주인인데 국민을 하인 취급하는
정치가는 부끄러움을 느껴야 합니다

칠십 대 할머니가 사십여 년간 시장통에서
순댓국 장사를 했습니다

아이들 셋을 대학 공부시키랴
시집 장가 보내랴
자식 농사에 번 돈을 다 써버려 항상 가난했습니다

그 할머니가 가난에 대하여
초라한 집에 대하여

몸에서 나는 생선 비린내에 대하여
남루한 옷에 대하여
부끄러워해야 하나요

부끄러운 마음으로 첫 키스를 했고
부끄럼보다 더 강한 모성애로
가슴을 풀어 헤치고 아기에게 젖을 먹였습니다

부끄러움은 자존감에서 생깁니다
부끄러움이 없는 마음을 부끄러워해야 합니다

황소는 슬프다

나를 찾기 위해
분노해야 하나
인내해야 하나

왕방울만 한 눈을 뜨고
슬프게 세상을 바라보고 있다

한때는 힘의 상징이요
부의 상징이기도 했지만
코뚜레에 코를 꿰인 채 순종을 강요당하고 있다

음매 음매
푸른 초원이 그립다
날 위해 여물을 쑤어 주던 늙은 할배가 그립다
쟁기를 등에 지고 밭을 갈고 논을 갈 때가 그립다

할배에게 칭찬받기 위해
우직하게 땀 흘려 일만 했는데
지금은 축사에 갇혀 도살장으로
갈 날만 기다리는 신세

신은 인간이 우리에게 한 짓을
모두 알고 계실 거다

제3부

아줌마

효진

아줌마

아줌마는 비바람 눈보라 맞으며
세월 따라 흐르는 보통 여인입니다

내세울 것도 뽐낼 것도 없지만
숨길 것도 부끄러워할 것도 없는 여인입니다

돌부리에 넘어지고
세파에 시달리며 힘들게 살아가는 여인입니다

아줌마 여기 국 한 그릇 더 주세요
아줌마 왜 이렇게 지저분해요 청소 좀 철저히 해주세요
아줌마 정신이 있어요 없어요 주의 좀 해주세요

아줌마는 싫은 내색 없이
미안합니다
죄송합니다
감사합니다 라는 말을 입에 달고 삽니다

아줌마는 책임져야 할 의무만 있고
즐길 자유를 잃어버린 가련한 여인입니다

꿈을 갖고 있고

사랑받고 싶어 하는 여인입니다

아줌마는 삶이 팍팍해도 오늘을 이겨내고
내일을 위하여 사는 여인입니다

아줌마는 낮에는 땀 흘려 일하고 밤에는
코를 골며 잠을 자도
민낯이 아름다운 여인입니다

아줌마 오늘도 고생하셨습니다

노블레스 오블리주

어떻게 살아야 하나
가난한 사람은 가난하게만 살아야 하나

몸이 가난한 자나
마음이 부자인 자는 손발이 바빠진다
가슴이 따뜻해지면 이웃이 따뜻해진다

부자는 부자만큼
가난한 자는 가난한 만큼
서로 도움을 주고받으면
매일 매일이 행복할 것이다

사랑하면서 이별을 하고
그리움으로 뒤를 돌아보고
웃는 얼굴로 용서하고
기쁜 마음으로 가진 것을 나누어 주는
사람은 얼마나 멋진 사람이냐

도움을 줄 수 있다는 것
가진 것을 나누어 가질 수 있다는 것은
얼마나 아름다운 일이냐

마음이 가난한 자는 복이 있나니
가진 것을 나눌 수 있는 사람은 복이 있느니라

사는 게 다 그렇지요

삶이 팍팍하다고요
하루하루 살아가기가 힘들다고요

그러나 검은 구름도 걷힐 날이 오고
거친 파도도 잔잔해질 때가 옵니다

비 그치면 무지개가 뜨듯
우리의 고난도 지나가면 희망이 보이겠지요

믿었던 친구가 배신을 하고
사랑했던 사람이 말없이 떠나버리고
성취해야 할 일 힘에 겨워 좌절을 한다 해도
우리에겐 꿈만 꾸어도 행복한 미래가 있습니다

꿈을 꾸는데 누가 비웃었던가요
땀 흘려 일하는데 누가 욕하나요
사랑한다 감사하다 말하는데 누가 거절하나요

쉬었다 가야 하는데
내가 쉬면 모든 게 멈춘다는 것을 알았을 때
사나이는 문득 바쁘다고 생각했습니다
땀 흘려 일했는데 왜 가난만 남아 있지

사는 게 다 그렇다면
아파요
무서워요
슬퍼요

거북이는 서둘지 않아도 목적지에 도달하고
노송은 비탈에 서 있어도 천년을 삽니다
나 이제 서두르지 않고 걱정하지 않으려고요

방랑객

삶의 어느 순간 의문이 생깁니다
자연의 혜택은 공평한가
갈라파고스의 자연이
뉴욕 맨해튼의 문명으로 어떻게 진화되었지

역사는 진실을 말하고 있는가
숨어 있는 자유와 행복을 찾아
사람들은 방랑자가 됩니다
한적한 시골 마을의 오솔길을 걸어가기도 하고
분주한 도시의 골목길을 걸어가기도 합니다

어딘가 낯익은 길을 걷다 보면
언젠가 보았던 적이 있는 것 같은
사람들과 마주치게 됩니다

언어가 통하지 않는 사람들과 얼굴 표정으로
손짓 발짓으로 하는 대화가
인생의 진리와 자유를 찾는 과정인가요

여인숙을 찾지 못해
별을 보며 노숙을 하다 보면
이렇게 사는 게 옳은 일인가

내 삶의 목표는 무엇이지
내 존재와 가치에 의문을 품게 됩니다

예수님도 석가모니도
방랑하다 생을 마쳤는데 무엇을 얻으셨는지
자신의 생에 대해 만족하셨을까
그분들은 방랑하며
자신을 희생하고 인류를 구원하셨습니다

지금은 고향도 이방인의 땅이 되었을 텐데
정든 친구 사랑하는 부모 형제 보고파
또 다른 방랑을 시작해야 하나요

높은 산 깊은 계곡
거칠게 흐르는 강을 만나도
날 기다리고 있는 사람이 있으면
발걸음이 가벼워집니다

주인으로 태어났는데
지금은 손님이 돼 방랑하고 있습니다

자전거 타기

넘어지고
일어서고
넘어지고
일어서고
열 번 넘어지고
열 번 일어서야
자전거를 넘어지지 않고 타게 된다

달려라
신나게 달려라
페달을 밟지 않으면
넘어지게 된다

동네 골목길도 달리고
탁 트인 신작로도 달리고
위험한 시내 차도도 달려 보았다

넘어지고 일어서고
땀 흘려 달리다 보니
어느덧 황혼 녘 서쪽 언덕에 도착해 있다

설마

그게 너였어
그때는 그게 사랑인 줄 몰랐어
설마 그렇게 내 곁을 떠날 줄은 몰랐어

혼란스러움이 진실을 가려 설마설마했지
내 곁을 떠난 네가 그렇게 예뻐졌을 줄을
그렇게 현명해졌을 줄 누가 알았으랴

인스타그램에서 너를 본 순간
네가 나 아닌 딴 남자와 결혼을 하다니
설마설마했어

참새였던 네가 까치집을
무단 차지한 건 아니지

설마는 엉뚱한 가능성이다
우리 인생은 설마설마하면서
늙어가는 불확실한 여정이다

벽시계

벽시계가
오전 7시를 가리키고 있다
출근할 시간이다

저 벽시계 믿어도 되나
과거에 틀렸던 시계가
지금은 옳다고 주장할 수 있을까
과거에 침묵했던 시계가
지금은 나를 믿으라 말할 자격이 있나

틀린 시간도 시간이라고
시곗바늘은 돌고
매시간 시간마다 종은 울린다

학교 다니는 손주들도
직장 다니는 아들도 벽시계를 믿지 않는다

우리 노부부만 벽시계를 바라보며
빨리 가도 좋고 늦게 가도 좋으니
멈춰 서지만 말라고 애처로운 눈으로 바라보고 있다

억새풀

억새풀이 벌판에
시냇가 언덕 위에
무리로 자라 군무를 하고 있다

담백하고 순결하게
의지의 표상처럼
모진 바람에도 몸을 곳곳이
세워 버티며 춤을 추고 있다

토끼풀 클로버 개망초
민들레 잡초들 사이에
고고한 학처럼
목이긴 사슴처럼
슬픈 모습으로 벌판을 지배하는 너

봄 여름 가을 겨울
철 따라 변하면서
꽃 아닌 꽃이 되고
풀 아닌 풀이 되어
하늘을 향해 머리를 흔들고 있다

꿈과 희망과 의지

꿈은 밤하늘의 별처럼 반짝이고
희망은 푸른 벌판을 달리고
의지는 청춘의 깃발 되어 바람에 펄럭인다

과거는 모래 위에 세워 놓은
성처럼 흔적 없이 사라지고
추억은 밀밭 위에 서 있는 허수아비처럼 멍청하다

꿈이 없는 오늘은 슬퍼요
희망이 없는 미래는 아파요

내 삶이 곤고하지만
꿈이 있어 풍성하고
희망이 있어
매의 의지로 미래를 바라보게 된다

오늘도 꿈을 꾸어 빈 가슴을 채워야겠다
꿈은 언 땅을 뚫고 올라오는 새싹처럼 경이롭고
희망은 아침 하늘 붉게 물들이고
떠오르는 태양처럼 빛나고
의지는 차가운 내 마음에 불타는 용광로로 만든다

오늘도 꿈을 꾸고 있어 행복하다
높은 하늘에 희망의 연을 날리고
장미꽃 같은 의지로 너를 사랑해 보아야겠다

내 삶의 주인공 되기

사람들은 자연을 사랑하면서 자연을 파괴합니다
언덕에 서 있는 백 년 묵은 노송을 구태여 뽑아
집안 정원에 옮겨 감상하고 즐거워합니다

사람들은 사랑하면서 이별합니다
이별의 아픔이 사랑보다 더 아프고
길다는 것을 알면서도 사랑을 시작합니다

사람들은 세월이 지나면 결국 늙고
병들어 죽는다는 것을 알면서도
작은 것에 집착하고 목메어 인생을 낭비합니다

사람들은 꽃은 피면 시들고
한번 흐른 물은 되돌릴 수 없다는 것을 알면서도
오늘을
현실을
외면하고 놓치며 삽니다

꽃밭에 앉아 있으면
꽃을 감상하고

시냇가에 서 있으면 흐르는

물에 발을 담가도 보고
드라마를 보면 울고 웃고 주인공이 되어보고

농촌에 살면 농부가 되고
서울에 살면 서울 사람이 되어야 합니다

매미는 매미처럼
개미는 개미처럼
살아야 내 삶의 주인공이 되겠지요

신기해

간밤에 천둥 번개 그렇게 쳤는데
비 온 흔적 없으니 신기해

그렇게 사랑했는데 웃으며
헤어질 수 있다니 신기해

그렇게 모욕을 받았는데
감사하다 인사하니 신기해

온갖 세상 풍파 다 겪었는데
멀쩡하게 행복해하니 신기해

삶이 이렇게 고달픈데
오늘도 꿈을 꾸고 사는 게 신기해

인생의 끝자락에는 무엇이 있을까
죽음 너머에는 어떤 세상일까

사랑만 해도 부족하고
행복만 해도 부족한 우리의 삶에
왜 이별이 오고 불행이 오지

내일이 온다는 것을 알고 있으면서
왜 오늘
내일을 준비하지 못하지

맑은 하늘에도 무지개가 뜨고
먹구름 속에서도 태양이 비친다
꿈속에서도 현실을 만나니 신기해

신기해하면서
신기한 인생을 살면서도
신기해할 줄 모르니 신기해

나의 누님

열 살 위인 누님은 나의 친구였고 보호자였다
늘 나보다 많은 것을 가지고 계셨다
어려서부터 돈을 벌어야 했던
누님은 늘 날 도와줄 준비가 되어 계셨다

아이스케키도 사 주셨고
초콜릿도 사 주셨으니
누님은 나의 우상이셨다

시집간 누님 집에 찾아가면
따뜻한 쌀밥에 멸치볶음 소시지 조림을 먹을 수 있어
수시로 드나들었다

대학에 들어가 아르바이트를 하여 번 돈을
누님께 맡기면
자기 돈을 보태서 돈 걱정 없이 대학을 졸업할 수 있었다

내가 대학을 졸업하고
의사가 되었다
시내에 개업을 하여 가끔씩 누님을 초대하여
식사도 함께하고 여비 겸 용돈을 드리면
됐다고 손사래 치시며 거절했던 나의 누님

누님은 날 항상 자랑스럽게 생각하셨다

이제 누님의 나이 팔십 후반
나의 나이 칠십 후반
어쩌다 우린 고향을 떠나
머나먼 타국에서 여생을 보내게 되었다

비행기로 한 시간 거리
이웃 주에서 살면서 간혹 만난다

누님은 유방암 3기
나는 혈액암 환자로
인생의 끝자락에 와 있지만

공원의 숲속 길을
옛날을 회상하며 손잡고 걷고 있다

누님 우린 이길 수 있어
더 살 수 있어
더 살아야 해
껄껄 웃으며 함께 걷고 있다

술 취한 사회

책임져야 할 사람이 술에 취해 있으면 난감하다
술 취해 꾸벅꾸벅 졸면서 운전하는
운전사를 보면 겁이 난다

습관적이고
의도적인 범죄행위인데
법 앞에선 술 취한 척 횡설수설한다

술 취한 사회에선 해도 좋고 안 해도 좋고
거짓과 무책임이 사회의 통념이 된다

술독에 빠진 생쥐는 겁 없이
고양이한테 덤비고
술 취한 꿀벌은 여왕벌을 공격할 것이다
술 취한 지도자는 모두를 술 취하게 한다

잘 숙성된 포도주 한잔 마시고
사랑에 취해 보기도 하며
술 취한 세상
쉽게 쉽게 살아야겠다

제4부
가족

티아(Thea)

가족

씨 없는 수박을 만들려는 시도나
사람 닮은 돼지를 만들려는 시도는
신의 뜻이 아닙니다

꿀벌을 보라
작은 꿀통 속에서 한 마리의 여왕벌을
부인으로 엄마로 모시며
수백 마리의 가족 벌들이 꿀을 나르고
모으고 날개를 부딪치며 살고 있습니다
그게 가족입니다

대나무 숲을 보십시오
뿌리가 서로 넝쿨 지어
같은 모습으로 매듭짓고
하늘을 향해 뻗어 오르며
서로가 서로를 받쳐주는 것이
가족입니다

피는 물보다 진하다 하지 않나
같은 유전자를 갖고 태어나
장기를 나눌 수 있는 것이 가족입니다

때론 다툴 때도 있고
미워할 때도 있지만
함께 기뻐하고
함께 슬퍼하며 어깨를 부딪치며
사는 것이 가족입니다

나는 내 딸의 줄기세포를 이식받아
죽음에서 벗어나 살고 있습니다
내 딸은 줄기세포로 아빠를
살릴 수 있어 기뻐했고
나는 내 딸의 줄기세포로 더 살 수 있어
고마워하면서 살고 있습니다

호수가 하늘과 구름 바람을 받아들이듯
애증을 넘어 상처를 주고받으며
죽음까지도 함께 담을 수 있는 것이 가족입니다

사치

본인의 능력이나 본분에 맞게
멋을 내는 것은 사치가 아닙니다
오십 대 직장인이 20년간 피우던 담배를 끊고
모았던 담뱃값으로 프라다 안경을 쓰고
한껏 멋을 내고 다닌다면 사치가 아닙니다

60대 생선 장수 아줌마가 어쩌다 외출할 때
명품 가방을 들고 나가 즐거워한다면 사치가 아닙니다

20대 부잣집 대학생이 포르쉐 스포츠 차를 타고
여대 앞을 서성거린다면 그건 사치입니다

공부하기를 병원 가기보다 싫어하는 자식들을
비싼 과외선생 붙여 명문대 가라고
닦달하는 것은 사치입니다

하루살이 막노동자가 자기 아들이
서울대에 합격했다고 자랑하고
다닌다면 사치가 아닙니다

직업 고등학교를 졸업한 젊은이가 창업에
성공하여 CEO가 되었다면

이 얼마나 멋진 사치입니까

초등학교도 못 나온 할머니가
한글을 깨쳐 시집을 내고
80대 할아버지가 아들과 함께
지리산 천왕봉을 등반하였다면
이 얼마나 멋진 사치입니까

직장생활에 지쳐 있으면서도
틈틈이 시간을 내 봉사활동을 합니다
친구들과 함께 간 노래방에서 일등 가수가 되고 싶고
혼자 깨운 한문으로 시 한 수 써보고 싶고
할리우드 영화를 자막 없이 보면서 즐거워하고
캠핑카를 타고 주말에 가족들과
바다낚시도 하고

나도 이런 사치하고 싶습니다
나도 남의 눈에 띄는
이런 사치하고 싶습니다

짧은 인생
사치하면서 멋지게 살고 싶습니다

한탄강

얼마나 많은 비극적인 전설과
한을 담고 흘러 이름이 한탄강이냐

궁예가 이곳에서 말을 달렸고
임꺽정이 숨어 지냈고
조선을 일본에 빼앗긴 고종이 승하하자
통곡하며 한탄했던 이 강가

치열한 전투가 벌어졌고
이름 없는 많은 병사들이 전사하고
부상당했던 이 작은 강

50년 전 나는 군의관으로 강가에서
아픈 병사를 앰뷸런스에 태우고
승일교를 넘나들며 군대 생활을 했다

한탄강은 잔잔히 흘러내리는 큰 여울이다
장마로 넘칠 때도 있지만
가뭄에는 밑바닥을 드러내는 작은 강이
깊은 계곡 사이를 흐른다

강이 흐르며 작은 평야를 만들어

철원 포천 연천에서 좋은 쌀을 추수케 한다

이 강가 어디에선 무지개가 뜨고
연인들이 캠핑을 치고 사랑을 나누고
낚시꾼들이 잡은 물고기로
매운탕 끓일 준비를 하는 강가

이젠 한을 담지 말고
유려한 풍광을 담고
사랑을 담고
평화를 담고 흐르는
큰 여울이었으면 좋겠다

적극적인 삶

슬픔이 오기 전에 슬픔을 떨쳐내고
미움이 오기 전에 미움을 떨쳐내고
외로움이 오기 전에 외로움을 떨쳐내야 합니다

사랑을 앉아서 기다리기 전에
사랑을 찾아 나서고
행복을 앉아서 기다리기 전에
행복을 찾아 나서야 합니다

가만히 기다리면 아무것도 잡을 수 없습니다
음지에 앉아 햇빛을 기다리기 전에
양지를 찾아 나서야 합니다

흐르는 눈물
남몰래 닦아내면 아무도 도와주지 않습니다
거부하는 몸짓으로 불행을 막아내고
웃는 얼굴로 두 팔 활짝 벌리고
사랑을 받아들여야 합니다

소리 없이 흐르는 세월을 저만치
혼자 가게 내버려 두어선 안 됩니다
흐르는 세월 속에 사랑을 싣고

행복을 싣고
꿈을 싣고
땀 흘려 노력해서 동행해야 합니다

늙어감을 한탄하기 전에 삶의 한가운데
서서 젊음을 찾아가야 합니다
우리의 인생은 시위를 떠난 화살입니다
어긋남 없이 목표에 명중해야 합니다

그대들은 아름답습니다

비구니 스님
수녀님을 보면 어딘가
애잔하고 슬퍼 보입니다

해맑은 미소
거짓 없는 몸짓
욕심 없이 가는 길에 꽃이 핍니다

세상의 모든 것을 내려놓은 듯하지만
세상의 모든 것을 다 가지려는
욕심도 엿보입니다

거친 세상 살아가며
곱게 살아가려고
잔잔히 살아가려고
사랑을 주면서 살아가려고

가진 것을 다 내려놓은
그들에겐 두려울 것이 없습니다

흐르는 물처럼
지나가는 구름처럼

스쳐 가는 바람처럼
처연히 살아가는 모습

감추려 해도 감춰지지 않는
순수함이 지혜로움이
지친 영혼을 맑게 해주는
그대들은 꽃보다 아름답습니다

세월이 너무 빠르다

꽃이고 싶은 방랑자여
꽃처럼 활짝 피었다
다시 떠나렴

나무이고 싶은 은둔자여
창문을 열고 밖으로 나와
태양을 향해 뻗어 나가렴

청년의 꿈은 광풍이 되어
바다를 건너는 것이고
노년의 바람은 잔잔한
호수에 잔물결 일렁이게 하는 것이다

한번 전설이 된 영웅은
세월이 흘러도 영웅으로 남고
한번 아름다웠던 신화는
다시 들어도 아름답다

활시위를 떠난 화살처럼 빠른 세월에
몸을 싣고 꽃이 되었다
나무가 되었다
방랑자가 되었다

은둔자가 되었다

꿈을 버리지 말고
빠른 세월에 몸을 싣고
짧은 인생 길게 살자

넘어지면서 살아가기

넘어지면서 사는 게 인생입니다
존재의 무게로 넘어지기도 하고
삶의 무게로 넘어지기도 합니다

어떤 이는 넘어진 채로 살아가고
어떤 이는 넘어졌다 다시 일어나 살아갑니다
무거운 짐을 지고 가면
자주 넘어지게 됩니다

부도로 회사가 망한 사장님은 위기를
극복하지 못하고 술 취한 채
노숙자로 살아가고
시집살이 힘들어 이혼한 젊은 여성은
혼자 살아가기 위해 창업해 성공했습니다

꿈이 있다면
의지가 있다면
땀 흘려 일한다면
실패해도 주인공으로 남습니다

여섯 개의 다리를 갖고 있는 개미는
무거운 짐을 지고 가도 넘어지지 않고

날개를 가진 참새는 두 다리로
서 있어도 넘어지지 않습니다

존재의 무게를 알고 있으면
잘 넘어지지 않습니다
영혼이 맑은 사람은 잘 넘어지지 않습니다

네 잎 클로버

딸 식구들과 정원 풀밭으로 산책을 나갔습니다
손녀딸이 풀밭에 쪼그려 앉아
네 잎 클로버를 찾고 있었습니다

할아버지도 할머니도
엄마 아빠 오빠도 모두 풀밭에
주저앉아 네 잎 클로버를 찾았습니다

모두 한두 개씩 찾았습니다
나도 칠십 평생 처음으로
네 잎 클로버를 찾았습니다

그 많은 세 잎 중에
네 잎 클로버를 찾는 일은
쉬운 일이 아니었습니다

가족 모두 한마음으로 찾는 것도 행운이요
네 잎 클로버를 찾은 것도 행운입니다

우리는 작은 행복을 누리며 살면서도
또 다른 행운을 찾겠다고
네 잎 클로버를 찾고 있습니다

행운은 네 잎 클로버를 찾는 것처럼
호기심을 갖고 욕심을 내려놓고 찾아내는 것
그 자체가 행운입니다

향하여

높은 곳을 향하여
꿈을 향하여
진실한 삶을 향하여
우린 나아간다

어둔 밤에는 별을 향하여
거친 바다에서는 멀리 보이는 등대를 향하여
황량한 사막에서는 낙타 행렬을 따라
오아시스를 향하여

달팽이는 물소리를 향해 조금씩 움직이고
지렁이는 하늘을 못 보고 땅만을 바라보며
생을 마친다

연어처럼 태어난 곳에 알을 낳고 죽기 위해
고향을 향해 대양을 건너고
계곡을 역류하는 우리의 인생

개망초도 데이지도 태양을 향하여 꽃이 핀다
내가 살고 있는 곳이 삶의 중심이요
우주의 중심인데

우린 무엇을 향해 살아야 하나
절망 너머 미래를 향하여
영혼의 깊은 내면을 향하여
세월을 거슬러
내 인생의 젊음을 향하여

우린 넘어지면서 도전하면서
죽음에 이르기까지 무언가를
향하여 나아가고 있다

여보 우리

여보 우리
이렇게 손잡고 있어도 그리운 것은
우리가 함께했던 날들이 아름다워서이겠지요

이렇게 사랑하면서도 불안해하는 것은
우리가 함께하면서 너무 많은
작은 이별을 했기 때문입니다

이렇게 쳐다만 보아도 가슴 떨리는 것은
우리의 변함없는 사랑 때문이겠지요

가는 길이 힘들어도 여기까지 올 수 있었던 것은
당신은 나를 밀어주고 나는 당신에게
어깨를 빌려주어 기댈 수 있게 했기 때문입니다

옆에 있는 당신에게 편지를 쓰면서
감동에 벅차 눈물을 흘리는 것은
당신이 아직도 내 곁에 남아
내 손을 잡아 주고 있기 때문입니다

세월이 흐르고 낙엽이 떨어지고
구름이 달을 가리고 황혼이 온다 해도

우리가 함께 꾸민 정원에선
예쁜 꽃이 피어날 것입니다

양은그릇

김치찌개 계란찜
열무김치 보리 비빔밥
시원한 막걸리
양은 쟁반에 받쳐 새참 나오면
한여름 오후 매미 소리도 자장가처럼 들렸다

사랑에 익숙해지려면
쉽게 뜨거워졌다 식어지는 양은 냄비를 닮아야 한다
이별에 익숙해지려면 양은 냄비를 닮아야 한다

순하게 취하게
인심이 후한
양은 주전자에 담긴 막걸리는 모나지 않다

양은그릇은 표현을 잘한다
감춤 없이 보여주는 가벼움

녹슬면 벗겨내고
작은 충격에도 찌그러지지만
두들기면 펴지는 내 인생 같다

유튜브

빠르다
빠르게 보고 듣고 말하고 퍼뜨린다
일단 내지르고 본다
가시 돋은 논쟁을 하고
욕지거리가 난무하다

최고 지성의 노교수에서 초등학교 학생들까지
가사 아줌마에서 전문가까지
누구나 유튜버가 될 수 있다

내용에 다양성이 있다
요리에서 얼굴 화장 몸매 가꾸기
정치평론에서 신변잡기까지

제목은 화려한데 내용은 알맹이가 없거나
왜곡되어 허구성이 있다
중독성이 있다
이게 아닌데 하면서 또 보고 또 듣게 된다

증오를 키운다
공분하게 되고
감정조절 기능을 쉽게 잃게 한다

편견을 갖게 한다
우리끼리
같은 이념을 가진 사람끼리 낄낄대며 야합한다

쉽게 돈 벌고
쉽게 유명해지고 싶다는 허망한 꿈을 꾸게 한다
넘어서는 안 되는 선을 그어 놓고
스스로 자제해야 한다
역순환에서 선순환으로
부정에서 긍정으로

맛있게 라면 끓이는 법
갓김치 만드는 법
생선 비린내 안 나게 고등어조림 만드는 법
나도 요리사가 될 수 있다

암 환우들의 창에서 서로 위로하고
치료법 부작용 성공사례를 공유하고
성공한 사람들의 삶을 공유하고
재미있게 사는 법과
취미생활을 공유하고

은퇴 후의 생활
노후에 건강하고 외롭지 않게 살아가는 방법
가진 것 없어도 소소한 행복을 찾은
사람의 행복을 공유하는 것

유튜브는 현실이고 미래다
받아들이고 순화해요 한다

긴 밤

창백한 어둠으로 밤이 시작되었을 때
초승달은 벌써 중천에 떠 있었다
검은 구름은 어두운 밤을 더 어둡게 하고
별들을 더욱 반짝이게 한다

내가 이정표로 삼았던 별들은 구름에 가려 있고
나와 동행할 그대가 없는 밤은 길기만 하다

밤에 쌓인 눈은 아침에 하얀 여백을 남겨 주고
밤에 부는 요란한 바람은
늦게 귀가하는 남편을 염려하게 한다

밤이 되면 모든 게 선명해진다
밖에서 들리는 바람 소리
새소리
이웃집 다투는 소리
멀리서 들리는 개 짖는 소리
소리들이 선명해진다

왜 땀 흘려 일하지 않았지
왜 그런 실수를 했지
왜 모른 척하고 지나쳤지

과거를 들추어내어 후회하고
바로잡는 생각들이 선명해진다

왜 그에게 상처를 주었지
나의 사랑은 진실했나
용서를 구하고
더욱더 깊은 사랑을 했어야 했는데
환희와 아픔의 뒤섞인 감정들이 선명해진다

밤이 주는 아늑함
어둠이 주는 고요함
별을 사랑하고
꿈을 사랑하게 하는
긴 그믐밤
당신의 따뜻한 온기가 없는 밤은
얼마나 지루하고 긴 밤일까

나는 머슴이로소이다

땀을 흘리고
지쳐 있어야 주인이 좋아합니다
새참을 먹고 깜빡 졸기도 하고
밤에는 꿀잠에 빠져 꿈속에서 주인이 되기도 합니다

딸이 카드 빚이 있다고 문자 메시지를 남겼고
아내는 아파트가 오래돼 불편하다고
새 아파트로 이사 가자고 조릅니다
부모님은 농사지을 사람이 없다고 귀향하라고 재촉합니다
나는 가정의 머슴입니다

상사는 생산성을 높이라 하고
부하직원은 이런 봉급으로는
열심히 일할 의욕이 안 난다고 불평합니다
나는 직장의 머슴입니다

나 때문에 기뻐할 주인이 있어야 머슴은 일할 맛이 납니다
우리는 무엇의 머슴인가
돈과 권력의 머슴인가
작은 머슴이 큰 머슴이 됩니다

국민의 머슴이 되어야 할 정치인들은

주인이 되어 국민 위에 군림하려 합니다
머슴이 주인이 되는 날은 슬픈 날입니다
오늘도 머슴으로 땀 흘렸고
내일도 머슴이렵니다
섬겨야 할 머슴으로 당신 곁에 오래 남고 싶습니다

세상의 소리

어린아이의 옹알거림
어른들의 성난 목소리
시장 상인의 흥정 소리

바람 소리
나뭇잎 부딪히는 소리
장마 뒤 개울 물소리
먼 산의 뻐꾸기 소리
하늘에선 천둥소리가 들립니다

우린 그냥 듣기만 하면 됩니다

때론 소리를 들으며
즐거워도 하고
화도 내고
놀라기도 합니다
우린 그렇게 소통을 합니다

밤하늘에 반짝이는 별을 보고
흰 구름이 하염없이 흘러가는 것을 보고
앞뜰에 핀 장미꽃을 보고
마음속 깊은 곳에서 나오는 소리를 듣습니다

고요함은 장엄한 소리입니다
나는 당신의 침묵을 들으면서 그리워하고
아파하고 사랑합니다
세상의 모든 소리는 사랑의 속삭임입니다

물들기

삶은 세월 따라 물이 든다
어렸을 때는 봄처럼
무지개색으로 물들고
청년 시절엔 열정적인
빨간 장밋빛으로 물들고
오륙십 대에는 떨어지는 갈색 낙엽 색깔로 물들고
칠팔십 대에는 희고 흰
겨울 색깔로 물든다

나이가 들면
어떤 이는 신의 색깔로
물들고 싶어 하고
어떤 이는 자연의 색깔로 물들고 싶어 하고
어떤 이는 부자 색깔로 물들고 싶어 한다
어떤 이는 가난의 색깔에서 벗어나지 못하고 있는데

조금은 외롭고
조금은 가난하고
조금은 병들고
죽음과 가까이 있는 나는 어떤 색깔일까

팔십 가까이에 있는 나의 동창들과 만났다

일생을 의사로 교수로 살아온 그들
황혼의 언덕에 서 있는 그들은 비슷했지만
서로 다른 색깔로 물들어 있었다

고생의 흔적
인격의 색깔
학문의 색깔
의사로서의 힘든 삶이 곳곳에 배어 있는
인간의 색깔을 볼 수 있었다

인간은 살면서 거울을 자주 들여다보아야 한다
지금은 어떤 색깔을 띠고 있는지
십 년 이십 년 후에는
어떤 색깔로 물들지 예비하여야 한다

현명함

우리는 매일매일 외나무다리에서 적을 만난다
암담한 세상에서 살아남으려면
외롭고 쓸쓸한 노년에서 자유스러우려면
병마와 싸워 이기려면 우린 현명해야 한다

현명함은 천부의 재능이다
박사학위를 받아야 현명해지는 것이 아니다
담배가 몸에 해롭고
음주 운전이 얼마나 위험하고
마약 도박 가정폭력이 우리 가정을 어떻게 파괴하는지를
작은 현명함만 있어도 알 수 있다

현명함이 없으면 부자도 가난하게 살게 되고
의사도 변호사도 박사도
죄를 짓고 양심의 감옥 속에 구속된다

옳고 그름
나쁨과 좋음을 구분하는 현명함
현명함이 있었으면 어리석은
독재자가 전쟁을 일으키지 않았을 텐데
현명함이 있었으면 범죄자가
국민의 대표가 되겠다고 나서지 못했을 텐데

현명함이여 흔들리는 나약한 나의 마음을 붙잡아 주소서

매일매일 사랑하면서
매일매일 용서하면서
매일매일 감사하면서
살게 하는 현명함이여
모든 사람이 현명하다는 것을 깨닫게 하여 주십시오

김동길 교수님께 드리는 편지

당신이 살아 온 세상은 엄혹했지만
당신은 구십 평생을 늘 푸른 청춘으로 사셨습니다

일제 강점기
해방과 전쟁의 혼돈기
독재와 맞선 민주화 투쟁기를 거치면서
당신은 방관자가 되기를 거부했습니다
앞으로 나가
무엇이 옳고
무엇이 그른가를 설파했던 시대의 선각자였습니다

당신의 시대정신은
자유였고
민주였고
청춘의 싱싱한 상상력과 왕성한 의지였습니다

당신은 철저한 민주주의 신봉자였습니다
링컨을 연구하여
박사학위를 받으셨고
인간은 평등하다
국민을 위한
국민에 의한

국민의 정부를 정치 철학으로 가지셨고

믿음과 소망과 사랑의
기독교 신앙이 당신의 근본 신념이 되어
사랑을 실천하며 사셨습니다

일부에선 당신이 보수의 원로라 하는데
당신이 자유와 민주주의를 지키겠다는 열정은 보수였지만
독재와 투쟁하고
조국의 독립과 평화에 앞장선 것은 진보의 아이콘이었습니다
당신은 시대의 원로였습니다

당신의 사자후는 거침이 없었습니다
여와 야
통치자와 독재자들에게 자유를 외쳤고
민주를 외쳤고
독재 타도를 외쳤고
통치자의 무능 부정부패를
이게 뭡니까 일갈하며 질책하셨습니다

당신은 80여 권의 저서를 남긴 영문학자이며 역사학자이

시고
사회학자이며 철학자이십니다

대학 교단에서 후학을 가르치는 유명 교수로
정치와 사회의
잘못을 비판하는 문명 비평가로 우리 사회를 이끌어 왔습니다
당신은 비록 일생을 독신으로 사셨지만
당신을 스승으로 따르는 후학들이
구름처럼 모여드니 결코 외롭지 않습니다

당신은 손님이 찾아오면
누가 오던
몇 명이 오던
관계치 않고 동치미와 냉면의 소박한 식단으로
대접했지만 재치 있는 유머와 따뜻한 환대로
당신을 아는 모든 사람들은 당신의 손님이 되기를 원했습니다

당신은 동서양의 백여 편을 시를 암송하고
시로 소통하기를 원하는 시 애호가이며
주옥같은 시를 여러 편 쓰신 시인이기도 합니다

사무엘 울만의 청년이란 시를 번역하여
의욕을 잃고 방황하는 젊은이에게는
야망을 갖게 하고
희망을 잃고 우울해하는 노인들에게도
청춘이 있음을 일깨워 주셨습니다

당신이 쓴 시 중에
내 '멋진 친구들에게'라는 시가 있습니다

친구야
인생 별거 없더라
이리 생각하면 이렇고
저리 생각하면 저렇고
내 생각이 맞는지
네 생각이 맞는지
정답은 없더라

이제 당신은 우리 곁을 떠났습니다
세상 모든 근심 걱정 떨쳐버리고
얽매었던 삶 다 풀어 놓으십시오
하늘나라에서 천사들에 둘러싸여

산에도 가고 바다에도 가며 마음껏 즐기십시오

최윤근의 시세계

생의 담시譚詩

— 봄볕을 쬐는 디오게네스의 돌림노래

배옥주

생의 담시譚詩

― 봄볕을 쬐는 디오게네스의 돌림노래

배옥주

(시인, 문학평론가)

1. 늦게 쓰여진 먹먹한 선율

최윤근 시인은 시적인 대상이나 사유를 자신이 겪어온 삶의 현실에 밀착해서 발견해낸다. 그가 고민해온 다양한 서사들이 가공하지 않은 자연 그대로의 목소리로 발화되고 있다. 최윤근 시인의 『늦게 쓰여진 시』는 『꿈속에서 꿈을 꾸다』, 『아그라로 가는 길』, 『넌 나를 스나비쉬하다 한다』, 『기억 속에 흐르는 강』에 이어 다섯 번째 시집이다. 그의 시편을 읽으며 '시는 인생의 비평(매슈 아널드Matthew Arnold)'이라는 말을 떠올린다. 이번 시집은 시인의 생이 집약된 비평의 기록이며, 서사시와 서

정시가 적절히 조화를 이루는 한 그릇의 담시譚詩다. 최윤근의 시편은 눈물이나 절규를 절제된 언어로 풀어내는 예술(폴 발레리Paul Valery)이기에 앞서, 자신의 삶을 담담하게 재현하는 르포 같은 일상의 기록문학이다. 각각의 시편들은 생의 황혼기인 가을을 관조하듯 추념한다. 다가올 생의 겨울 앞에서 현재의 자신을 돌아보는 것이다. '타인의 욕망까지도 욕망하는 것이 인간'이라는 라캉(Jacques Lacan)의 말이 폐부를 관통하는 지금, 긴박한 순간조차도 두 손 내려놓고 푹 자고 싶다는(「욕망」) 시인의 순수함에 툭, 긴장의 끈을 풀어놓았다.

일생을 의사로 살아온 시인이 솔직담백하게 풀어낸 황혼녘은 누구는 선창하고 후창하며 따라 부르기 좋은 돌림노래 같다. 묵묵히 걸어 온 자신을 돌아보는 한 시인의 돌림노래가 이렇게 편안할 일인가. 시인이 시간차를 두고 풀어내는 시편들은 시적 비유나 형상화를 벗어던진 친근한 선율로 이어진다. 어떤 이는 신의 색깔로 또 어떤 이는 자연의 색깔로 더러는 인격과 학문의 색깔로 물든다는데(「물들기」), 늦게 쓰여진 생 편편의 악보는 어떤 음률로 물들어 있을까. 문득, 생면부지의 최윤근 시인을 만나고 싶어진다.

늦게 쓰여진 나의 글들이 더 애틋하고 먹먹한 것은
늦게 겪은 나의 삶이 아프고 슬펐기 때문일 것이다

늦게 나온 나의 시들이 더 영롱하고
생생한 것은

아마도 가물가물한 기억으로 오로지
시만을 생각하고 썼기 때문일 것이다

늦게 나온 나의 글들이 애련에 물들고
후회로 가득 찬 것은
잊지 못할 이별과 못다 한 사랑이 스며 있기 때문일 것이다

늦게 쓴 시들에 특별히 정이 가는 것은
거기에 황혼에 외롭게 서 있는
나의 자화상이 그려져 있기 때문일 것이다

—「늦게 쓰여진 시」 전문

위 시는 표제작이다. 늦다고 할 때가 가장 빠른 때임을 잘 알지만, 우리는 그 늦은 시작을 망설이다 포기한다. 하지만 최윤근 시인은 멋지고 인정 많고 아름다운 삶을 살았어야 했다는(「그런 삶을 살았어야 했는데」) 겸양의 고백을 통해 오히려 이미 그런 삶을 살았음을 확신하게 만든다. 그가 자신의 시를 더 애틋해하는 것은 "잊지 못할 이별과 못다 한 사랑"이 스며 있는 시가 너무 "늦게 나"왔기 때문이다.

'늦게 쓴 시'에서 그려지는 '나'의 모습은 황혼에 외롭게 서 있는 자신이다. 시인은 거울에 비친 자신의 모습에서 무지개를 보려 하듯, 시 속에 그려진 자화상을 통해 겪어온 시간을 위무한다. 최윤근 시인은 무지개는 접히지 않는 신기루이지만 사랑과 믿음으로 감싸 안으면 무지개를 찾을 수 있다(「무지개」)는

확신을 가지고 있다. 기대하는 마음을 맞이하는 봄처럼, 쇠락하는 가을도 봄처럼 맞을 수 있기를 기도하는 시인의 두 손이 간절하다(「가을이 오면」).

2. 무욕, 그 위대한 유산(존재의 무게)

최윤근 시인의 시편에서 드러나는 다양한 일상을 통해 시인의 존재가 얼마나 위대한 유산을 받았는지 알 수 있다. 남의 눈에 띄고 싶다는 그의 사치까지 돋보이는 이유는 자신에게 주어진 삶의 주인공 역할에 충실했기 때문이다. 다음 시편에서는 봄볕을 쐬는 디오게네스처럼 무욕의 삶을 실천하는 시인의 참모습을 발견할 수 있다.

시간이 먼저였나
공간이 먼저였나
존재는 언제부터 시작되었나

나는 그 속에서 껍질인 채로 존재하고 있다
내 사유는 시공을 벗어나지 못하고
내 몸은 바람 앞에 촛불이다

거센 바람 부는 데 쉴 곳 못 찾은 갈매기처럼
날개 찢어진 나비처럼 힘겹게 날다 떨어지는 신세
해는 서산에 지는데 오지 않는

새를 쫓고 있는 허수아비

강남 아파트의 주인으로서가 아니라
퇴직한 늙은 의사로서가 아니라
추위를 피해
봄볕을 쬐고 있는 디오게네스처럼 존재하고 있다
—「나는 존재한다」 전문

최윤근 시인은 "껍질인 채로 존재하"는 자신을 들여다본다. '나'는 바람 앞에서 언제 꺼질지 모르는 위태한 "촛불"이며 "날개 찢어진 나비" 같은 존재다. 강남아파트 주인이나 의사나 물질 따위는 중요하지 않다. 노년기에 돌아본 자신의 모습은 봄볕을 쬐는 디오게네스처럼 빛 한 줌에 자족할 줄 아는 청빈한 정신의 소유자로 존재한다.

최윤근 시인은 영혼이 맑다. 스스로 존재의 무게를 가늠하고 잘 넘어지지 않는다. 혹 넘어진다고 하더라도 바로 일어나는 힘을 비축하고 있다. 개미나 참새가 자신의 무게를 알고 있어서 잘 넘어지지 않듯(「넘어지면서 살아가기」), 존재의 무게를 알고 꿈을 꾼다면 실패도 성공으로 가는 과정이 될 수 있다. 황혼으로 달려가는 늦은 삶의 한 가운데에서도 끝없이 젊음을 찾아가는(「적극적인 삶」) 시인의 삶이 의연하기 때문이다.

우리 가문은 대대로 가난했다
평생을 땀 흘려 일해야 살아남을 수 있는 소시민이었다

높은 지식도 명예도 갖지 못했고
가난만을 유산으로 받았다

땀 흘려 일하지 않으면
살아남지 못한다는 현실을 유산 받았다

근면 성실해야 하고
없어도 정직해야 한다는 것을
남의 것을 탐하지 말아야 한다는 것을
유산 받았다

…(중략)…

이웃을 사랑하면서 살 수 있는
따뜻한 가슴을 유산 받았다

기뻐도 슬퍼도 실패해도
내 탓이요(mea culpa)
내 탓이다
나를 탓하는 위대한 유산을 전해 받았다

—「위대한 유산」 부분

넘어지고

일어서고

넘어지고

일어서고

열 번 넘어지고

열 번 일어서야

자전거를 넘어지지 않고 타게 된다

—「자전거 타기」 부분

위 두 편의 시는 시인이 어떤 의지로 살아왔는지 자전적인 모습을 보여준다. 그의 삶은 쉼 없이 달려온 길로 가득 펼쳐져 있다. 시인은 "대대로 가난했"기 때문에 "평생을 땀 흘려 일해야 살아남을 수 있는 소시민이었"다. 최윤근 시인이 물려받은 유산은 가난 외에도 '근면'과 '정직'과 자신을 탓할 줄 아는 현명한 '지혜'다. "기뻐도 슬퍼도 실패해"도 자신을 탓할 줄 하는 지혜가 지금의 시인을 만들어준 것이다. 가톨릭에서는 미사를 볼 때 '내 탓이요, 나 탓이요, 내 큰 탓이로소이다"를 외칠 때마다 가슴을 치는 참회의 기도로 주기도문을 마친다. 사적인 참회의 기도에서 죄를 고백하는 공적인 행위를 통해 스스로를 성찰하는 성숙한 내면을 키워가듯, 시인의 내면 사유를 키워가는 시인의 의지가 호기롭다.

최윤근 시인은 열 번 넘어져도 열 번 일어서야 자전거를 탈 수 있다는 사실을 경험한다. 그는 비탈에서 천년을 사는 노송처럼 개미처럼 매미처럼 서두르지 않고 묵묵히 나아가면 자신이 세운 무대의 주인공이 될 수 있다는 것을 알고 있다(「내 삶의 주인공 되기」). 넘어져도 다시 일어나 페달을 밟아온 퇴직 의사는 인간의 허상에 대한 욕망과 무책임에 대한 성찰로 노블레스 오블리주를 실천하는 시인이다. 그는 아름다움을 누릴 수 있는 자격으로 "황혼녘 서쪽 언덕에 도착"한 것이다. 최윤근 시인은 적으면 적은 만큼 가진 것을 나누며 살만한 세상 만들기를 실천하며 살아왔다(「노블레스 오블리주」). 나눔은 자신을 주는 행위가 선행되어야 하므로 쉽지 않다. 하지만 시인은 한 사람의 촛불이 많은 사람에게 빛을 전한다는 사실을 믿고 맑은 심장을 아낌없이 내준다.

최윤근 시인은 책임을 회피하는 술 취한 사회의 거짓과 무책임을(「술 취한 사회」) 경계한다. 작은 것에 집착하는 생은 인생의 낭비임을 인지하고 있다. 그는 아프고 팍팍한 하루하루도 서두르지 않는다. 어떤 색깔로 물들지 예비하며 주인의 자리를 내려놓고 손님으로 방랑하는 여유를 즐긴다(「방랑객」).

3. '가족'이라는 행운

가족의 결속력이 느슨해지고 해체되는 시대. '마른 떡 한 조각만 있어도 화목한 가정이 최우선'이라는 잠언이 떠오른다. 가족만큼 든든하고도 아픈 낱말이 있을까. 가족은 고달픈 생을 기댈 수 있도록 말없이 어깨를 내주기도 하고, 가장 큰 상처를 주기도 하는 아이러니한 존재다. 그래서 위대한 사랑은 가족을 돌보는 것부터 시작된다는 마더 테레사Mother Teresa의 말에 고개를 끄덕이게 된다. 최윤근의 시집에는 가족 이야기가 많이 등장한다. 그는 가족과 정신적인 영양을 주고받는다. 곁에서 손을 놓지 않는 아내, 줄기세포를 이식해준 딸, 서로의 병을 어루만지는 누님까지. 그는 함께 네 잎 클로버를 찾는 가족과 동행하는 행복한 사람이다.

그렇게 예쁘게 웃을 수 있는 사람은
이 세상에서 그녀밖에 없을 것이다

그렇게 예쁘게 울 수 있는 사람도
이 세상에서 그녀밖에 없을 것이다

휠체어를 밀어주며 공원을 함께 산책할 때
들판에 핀 이름 모를 꽃을 보고
재잘대는 새 소리를 들으며
그렇게 예쁘게 감탄할 수 있는 사람은
그녀밖에 없을 것이다

휠체어를 타고 가는 사람은 나고
밀고 가는 사람은 그녀인데
그녀는 연신 나를 쳐다보며 힘들지 않냐고
물으며 땀을 닦는다

— 「그녀의 행복」 부분

여보 우리
이렇게 손잡고 있어도 그리운 것은
우리가 함께했던 날들이 아름다워서이겠지요

…(중략)…

이렇게 쳐다만 보아도 가슴 떨리는 것은
우리의 변함없는 사랑 때문이겠지요

가는 길이 힘들어도 여기까지 올 수 있었던 것은
당신은 나를 밀어주고 나는 당신에게
어깨를 빌려주어 기댈 수 있게 했기 때문입니다

—「여보 우리」 부분

그대와 함께했을 때는 아무 말 않고
그냥 바라만 보아도 좋았었다

그대가 떠난 후
그대에 대한 그리움은
장마 뒤 들판에 핀 개망초처럼 무성했고
쓰르라미의 울음처럼 긴 여운을 남겼다

그대를 사랑했고
그대를 기다렸고

그리움으로 잠 못 들어 하며 지낸 세월들

…(중략)…

어느덧 가을은 깊어 가고 낙엽은 떨어지고 있다
그대와 함께했던 추억이 긴 여운이라도 좋고
산울림이라도 좋고
갈색 낙엽이라도 좋다
내 영혼에 깃들어 죽음 너머까지 함께하고 싶다

—「그대와 함께」 부분

배우자는 돌아서면 남남이라고 말한다. 점 하나에 '님'이 '남'이 되는 유행가 가사를 들으면 피식 웃게 되지만 수긍할 수밖에 없는 관계다. 하지만 돌아서지 않는다면 그 어떤 피붙이보다 가깝다. 촌수도 없는 가장 깊은 세계 바깥의 존재이기 때문이 아닐까. 「그녀의 행복」과 「여보 우리」에서 시인의 아내는 남편 곁에서 "넘어지려 할 때 붙잡아주고 업어주고 안아"준다. 시인은 자신의 손을 놓지 않는 아내의 우는 모습까지도 지극히 아름답다고 느낀다. 아픈 남편을 위해 혼신의 노력을 다하는 아내 덕분에 시인은 육신의 고통을 참고 건강을 되찾기 위해 부단히 노력한다. 자신이 건강을 회복하면 아내가 행복하다는 사실을 알고 있다.

시인은 옆에 있는 아내에게 편지를 쓰면서 감동의 눈물로 다짐한다. 주인이 아니라 당신을 섬겨야 할 머슴으로 오래 곁에

남겠다고(「나는 머슴이로소이다」) 아내에게 귀엣말을 들려준다. 숨기고 싶은 부끄러운 이야기도, 별들의 수다나 참새의 지저귐도 그대가 있어 꿈과 생기가 넘치는 이야기가 된다고 속닥속닥 전해준다. 그러나 「그대와 함께」 애틋한 부부애를 나누던 그녀의 존재는 지금 보이지 않는다. 넘어지려 할 때 붙잡아주고 업어주고 안아준 그녀는 어디로 떠난 걸까? 시인은 사무친 그리움을 토로한다. 이는 시인의 반려견을 대상으로 쓴 시 「솜이의 슬픔」에서도 잘 드러난다. 무수한 꿈들을 사랑하게 하던 어떤 밤도 "당신의 따뜻한 온기가 없"고 "동행할 그대가 없"는 밤이라면 지루하게 이어질 게 뻔하다(「긴 밤」). 아내와 함께 했던 추억으로 "영혼에 깃들어 죽음 너머까지 함께하고 싶"다는 시인의 절절한 돌림노래가 먹먹하게 들려온다.

때론 다툴 때도 있고
미워할 때도 있지만
함께 기뻐하고
함께 슬퍼하며 어깨를 부딪치며
사는 것이 가족입니다

나는 내 딸의 줄기세포를 이식받아
죽음에서 벗어나 살고 있습니다
내 딸은 줄기세포로 아빠를
살릴 수 있어 기뻐했고
나는 내 딸의 줄기세포로 더 살 수 있어

고마워하면서 살고 있습니다

호수가 하늘과 구름 바람을 받아들이듯
애증을 넘어 상처를 주고받으며
죽음까지도 함께 담을 수 있는 것이 가족입니다

—「가족」 부분

누님은 유방암 3기
나는 혈액암 환자로
인생의 끝자락에 와 있지만

공원의 숲속 길을
옛날을 회상하며 손잡고 걷고 있다

누님 우린 이길 수 있어
더 살 수 있어
더 살아야 해
껄껄 웃으며 함께 걷고 있다

—「나의 누님」 부분

얼마 전 챗GPT가 쓴 시를 읽었다. 공허했다. 인공지능에게도 '가족의 사랑'이 존재하는 미래가 도래할까. 시인에게 '가족'은 우리가 느끼는 이상의 긍정적 에너지가 담겨 있다. 열 살 위 누님은 "친구였고 보호자였"다 시인이 의사가 되기까지 "늘 도와줄 준비가 되어 계"셨다. 누님은 "아이스케키"부터 "초콜릿"까지 아낌없이 주던 분이다. 시인에게 "우상"으로 존재하던 누님을 떠올리면 동심을 불러오는 '순수 기억(베르그송Bergson, Henri Louis)' 앞에서 순수해진다. 유년의 체험을 지금 이곳으로 소환해 오늘의 자신을 지속하게 만드는 에너지를 뿜어낸다.

지금 누님과 시인은 서로의 병(암)을 격려하며 공원의 숲길을 걷고 있다. 서로에게 든든한 지원자인 그들이 맞잡은 손은 오래 그리고 멀리 따뜻할 것이다. 시인에게 '가족'은 대체 불가다. "장기를 나눌 수 있"고 "죽음까지도 함께 담"을 수 있다. 시인에게는 가족이 "풀밭에 쪼그려 앉"아 '함께 찾은 네 잎 클로버'보다 '함께 행운을 찾는 행위'가 더욱 큰 행운이다. 가족이라는 존재의 힘을 잃지 않는다면 넘어져도 일어날 수 있다.

4. 쓸쓸한 존재들

훌륭한 시는 온전한 몰두 속에 있다(이정귀). 두 살 먹은 강아지 '솜이'와 도살장에 갇힌 '황소'의 목소리는 자신의 심사에 온전히 몰두하여 들려주는 시인의 생목소리다. 「양은그릇」, 「억새풀」, 「참돔 이야기」에서도 양은그릇과 억새, 참돔은 시인이 하고 싶은 있는 그대로의 이야기를 시인 대신 들려준다. 시인이 하고 싶은 말이 탄력적인 긴장감을 주지 않는다 하더라도, 진솔한 생의 과정은 끈끈한 감동으로 전해져온다. 다음의 시편들에 걸린 메타포는 시인 자신이면서 우리들 자신의 모습을 형상화하여 보여준다.

나는 두 살 먹은 강아지다
나는 지금 슬프다
반갑다고 꼬리 칠 기분도 아니고
낯익은 이웃 개에게 호기롭게 짖을 형편도 아니다

나의 절친을 잃었다
산책시켜 주고
씻어주고 먹여주고 함께 놀아주던
나의 절친이 저세상으로 갔다

—「솜이의 슬픔」 부분

할배에게 칭찬받기 위해
우직하게 땀 흘려 일만 했는데
지금은 축사에 갇혀 도살장으로
갈 날만 기다리는 신세

신은 인간이 우리에게 한 짓을
모두 알고 계실 거다

—「황소는 슬프다」 부분

위 두 편의 시에서 강아지 솜이와 황소는 슬픔에 빠져 있다. 지극하게 자신을 아끼고 돌봐주던 솜이의 절친 그녀가 저 세상으로 떠났다. "그녀"가 떠난 지금 솜이가 "눈물이 나"고 "짖어대"는 것은 "슬픔과 그리움에서 나온 하소연"이다. 아마도 시인의 누님은 반려견 솜이를 가족의 일원으로 챙기고 돌봐줬을 것이다. 지금 솜이가 짖어대며 흘리는 눈물은, 누님에 대한 시인의 애통한 슬픔이다. 솜이에게 이입된 정서를 통해 누님을 떠나보낸 동생의 절절한 그리움을 드러낸다.

황소 또한 마찬가지다. 황소는 한때 힘과 부의 상징이었지만 지금은 "왕방울만 한 눈을 뜨"고 "순종을 강요당하"고 있다. "우직하"게 시키는 대로 일했지만 "도살장으로 끌려갈 날만 기다리는 신세"다. 황소는 분노하고 인내해도 자신을 찾기 어려운 세상을 슬픈 눈으로 바라본다. 현대 산업사회는 인간을 경쟁 구도로 몰아붙여 갈등을 유발하는 전형적인 문제적 사회다. 마키아벨리Machiavelli가 군주론을 통해 현대 경쟁사회에서 성공하기 위한 기술을 가르쳐주었지만, 우리는 그 기술의 효력을 발휘하기엔 쉽지 않은 세상에 살고 있다. 황소는 시인을 포함한 현대인의 목소리를 대변한다.

5. 디오게네스가 부르는 무욕의 돌림노래

『늦게 쓰여진 시』는 최윤근 시인이 추구해온 가치관을 일관되게 풀어낸다. 이번 시집은 그의 소신을 있는 그대로 보여주는 진솔한 삶 전부다. 최윤근 시인의 내면 사유는 디오게네스의 삶과 닮아 있다. 행복은 소유하는 데 있지 않고 존재하는 데 있다는 디오게네스의 철학이 시인의 삶을 집약해서 보여준다.

사치와 허영을 경계하고, 진정한 행복과 만족을 단순한 삶에서 찾으려는 철학자 디오게네스의 정신은 필요 이상의 물질을 뛰어넘어 자유로운 삶을 살려는 시인의 정신과 같은 맥락에 놓여 있다.

최윤근 시인은 인간의 허상에 대한 욕망과 무책임한 사회를 성찰하는 빈손의 방랑객이다. 시인은 생존의 임무를 다한 참돔처럼 자신의 삶이 부끄럽지 않고 당당하리라는 것을 알고 있다(「참돔 이야기」). 그래서 작은 충격에도 찌그러지지만 두들기면 펴지는 양은그릇이 자신의 인생 같다고 고백한다(「양은그릇」). 지금 시인은 풀 아닌 풀이 되어 햇살 내리쬐는 하늘을 향해 온몸과 온 맘을 흔들고 있다(「억새풀」). 그는 부끄러움이 없는 마음을 부끄러워해야 한다고 말한다. 부끄러움을 아는 참 인격을 가진 사람이기 때문이다.

최윤근 시인은 "시의 언어는 여운을 남겨야 한다"고 말한다(「시의 언어」). 이번 시집에서는 제자로서 인간적인 존경심을 드러내는 마지막 시편 「김동길 교수님께 드리는 편지」까지 시인이 겪어온 생의 과정이 돌림노래로 이어진다. 이는 산사에서 울리는 법고처럼, 깨진 창문을 메꾼 꽃처럼 아름다운 여운으로 뻗어나간다. 디오게네스가 알렉산더 대왕에게 원했던 '햇볕 한 줌'이 무욕의 삶을 대변해주듯, 시인 최윤근은 욕심을 벗어던진 디오게네스가 되어 한가로이 봄볕을 쬐고 있다. 그가 쬐는 봄볕 사이사이 그리움과 연민과 사랑을 속삭이는(「세상의 소리」) 음표가 넘실댄다.

탄력적인 비유로 형상화된 이미지를 뛰어넘는 최윤근 시인의 시 본연의 물줄기를 따라 흘러온 지금. '훌륭한 시'란 무엇인가 다시, 돌아보게 된다. 삶을 위한 거짓말에 대한 공격(야스퍼스Karl Jaspers)으로 치부하는 불통의 시가 범람하는 시대. 봄볕을 쬐는 디오게네스가 무욕의 돌림노래를 무반주로 선창하고 있다. 또 한 사람의 디오게네스와 또 한 사람의 디오게네스가 후창으로 후창으로 마디마디 따라가고 있다. ▨

| 최윤근 |

1946년 서울 출생. 서울의대를 졸업하고, 미국에서 인턴 레지던트 수련의 과정을 마쳤다. 2014년 『시로 여는 세상』 신인상으로 등단하여 시집 『꿈속에서 꿈을 꾸다』 『아그라로 가는 길』 『넌 나를 스나비쉬하다 한다』 『기억 속에 흐르는 강』 외에 다수의 전문 서적을 출간하였다. 미국 병원에서 마취 통증치료 전문의로 20년간 근무하다 귀국하였으며, 1994년 차병원 통증센터 소장, 1998년 차 의과대학 교수, 2002년 외국인 무료 진료소 소장, 2015년 창원시 보건소장으로 재직했다. 2014년 대한의사협회와 보령이 제정한 보령의료봉사상과 국민추천 정부포상 대통령상을 수상하였다.

이메일 : ykchoy777@hotmail.com

현대시 시인선 232

늦게 쓰여진 시

초판 인쇄 · 2023년 7월 20일
초판 발행 · 2023년 7월 25일
지은이 · 최윤근
펴낸이 · 이선희
펴낸곳 · 한국문연
서울 서대문구 증가로 31길 39, 202호
출판등록 1988년 3월 3일 제3-188호
대표전화 302-2717 | 팩스 · 6442-6053
디지털 현대시 www.koreapoem.co.kr
이메일 koreapoem@hanmail.net

ⓒ 최윤근 2023
ISBN 978-89-6104-339-7 03810

값 12,000원

* 잘못된 책은 바꾸어 드립니다.